たとえば一人のランナーが

半田信和 詩集

Handa
Shinkazu

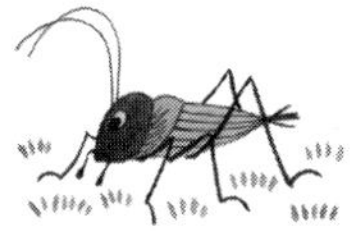

竹林館

たとえば一人のランナーが

はじめに

□青虫　□アメフラシ　□ウサギ　□ウミサソリ　□オニヤンマ
□カピバラ　□クロズマメゲンゴロウ　□コスモス　□柴犬
□白猫　□すみれ　□狸　□ダンゴムシ　□チンパンジー
□ネギ　□ねじ花　□ハト　□ヒト　□マンサク　□メダカ
□やまぼうし　□ヤモリ　□ワカメ

この本に登場するいきものたちの一部を、五十音順に並べてみました。

そのままタイトルになっている場合もありますし、詩句の中にさりげなく顔を出す場合もあります。

こうしたいきものたちが、どこにどんなかたちで登場するかチェックしてみるのも、この本の楽しみ方の一つです。

目次

Ⅱ

Ⅲ

Ⅳ

I

あしあと

つばさをもったいきものが
かるがるとのこしていった
あしあとのようなことばを
ぼくはさがしている

虹

仕事場がかわって
いつの間にか
いつもの道になった道の
いつもの信号で右に曲がると
いつもの橋の向こうに

大きな虹が現れた

その瞬間
いつもの道は
いつもの道でなくなり

ハンドルを握る僕も
いつもの僕でなくなっていた

誰も気づかないけど

そうして
いつもの僕ではない僕は
いつもの踏切で一時停止し
いつもの消防署を横目に通り過ぎ
いつもの坂道を登り
いつもの駐車場に着くと
なにくわぬ顔で
いつものドアを開けるのだ

ヤモリくんの夏

ヤモリくんの夏がやってきた

といっても
オリンピックみたいに
多くの人に待ち望まれていたわけでも
かっこいいテーマ曲とともに
登場したわけでもない

彼は台所の窓の
いつもだいたいきまった位置に
ぺたりと張りつき

たぶん肩の力をぬいて
獲物を待っている

そう
待っているのは
ヤモリくん自身なのだ
台所から洩れる
灯りに集まる小さな虫を
ただこの夏を
しぶとく生きぬくために

ヤモリくんは
オリンピックに興味はないだろう
メダルの色や数にも

僕も似たようなもので
関心があるとしたら
ニシコリくんのフットワークくらい

さて
台所に立つ僕は
これから何を待とうか
暮れてゆく窓の隅に
静かに息づく
ヤモリくんの夏を見つめながら

ふくろうの手

ふくろうが
風呂場の壁を
ごしごし洗っている
白い窓枠を
気合を入れて磨いている

ふくろうに
手はあるか
おそらく

あると思えばある

ふくろうだって
手を動かさなければ
確かな言葉は
浮かんでこないのだから

火焔土器は作れそうにないけど

あると思う手を
せっせと動かしていると
こびりついていた汚れが
少しずつ
剥がれ落ちてくる

ふくろうは
さっぱりとした顔で
手を洗い
瞑想の森へ
降りてゆく

へび

夕焼けがあんまり静かなので
へびは物干し竿の上で立ちどまる

ぼくの色、ぼくの模様って
なんだったたっけ

へびは黒い影になって考える
にぎやかで冷酷な世界について

昨日呑みこんだ言葉が
まだ喉の奥にひっかかっている

ぼくが運んでるものって
なんだったっけ

明日はあてにならないから
へびは？のかたちのまま

今日の空を胸に刻む
夕焼けがあんまり静かなので

三十三間堂のハト

長くのびた屋根の上で
ハトが二羽
この世を遊んでいる
ように見える

屋根の下には
国宝がずらりと並んでいるが
ハトは国宝ではないから
気楽なもんだ

ハトにもそれなりに

日々の苦労はあるだろうが
あの屋根の上から世界を見渡せるのは
ちょっとうらやましい

そんなふうに見られていることを
知ってか知らずか
ハトは相変わらず
羽をのばしたまま

やわらかな光は
珍しくもなんともないハトの翼に
それをぼんやり見上げるヒトの心に
あまねく降り注いで

原っぱ

ウサギはどこへ消えたのか
ねじ花があちこちで
時を巻き上げている

むかし僕らは
ここに秘密基地をつくった
守るべきものがあったのだ

錆びついた記憶が
青空にひっかかっている

翼の折れた鷹の子を
ここに放したことがある
誰かに返すみたいに

草はぐんぐんのびて
風と遊んでいる

ここは始まり
それとも

ねじ花がここに咲くことを
小さく歌っている

ウサギはどこへ消えたのか
そして僕らは
どこへ向かうのか

狸

何の前触れもなく
彼は枯草の上にいた

そして
何の迷いもなく
川縁の叢に消えた
「やあ、元気かい」と
話しかける間もなかった

私はぼんやりと
彼のいた空間を眺めた
彼が見上げたかもしれぬ
銀色の送電塔と
その横に浮かぶ
昼の月を見上げた

それが
始まりだったのだ

II

風が生まれる

カモメが数羽
渚に遊んでいる

うずくまっていた白猫一匹
伸びをして歩きだす

朝の波音浴びながら
細い道をたどると

赤い橋が
島につながっている

その島に息づく
タブノキの幹や
ヤブニッケイの
つややかな葉っぱを思うと
こころのなかに
風が生まれる

さなぎ

三年生の子どもたちに
毎日見つめられて
キャベツの葉っぱの上を
ゆるゆるしていた青虫が
今日はまったく動かない

さなぎになったのだ

これから何日かすると
青虫とは似ても似つかぬ
モンシロチョウになる

「たまご→よう虫→さなぎ→せい虫
この変化を完全変態《かんぜんへんたい》といいます」
ルビ付きで説明すると
「カンゼンヘンタイ！」
「カンゼンヘンタイ！」
子どもたちは嬉しそうに唱える

それから
さなぎという静かな時間の先に
かろやかに舞う
いのちを思い描く

ぷるんぱり

五年生の子どもたちが
ぷるんぷるんの
ワカメを干す
海女さんたちに教わりながら
重ならないように
ていねいに並べる

なかにはかじってみる子もいて
「うまいな」
とつぶやく
「今が旬や」

と漁協のおじさんが笑う

ヒトは
ワカメを食べる
アメフラシも
ワカメを食べる
てことは
仲間なのかもしれない
同じ波に揺られて

ぷるんぷるんを
天日に晒せば
午後には
ぱりぱりになる

ぱりぱりを指で細かくして
ごはんにかける
こういう食べ方
アメフラシはしないな

どこか遠くに

八月の日盛り
海はすぐ
そこにあって
近所のおばあさんが
通りかかって
音もなく
ヤブ蚊が寄ってきて
かつて少年だった
おっさんはへっぴり腰で
たも網を覗き
ちょっと危険な

マツモムシがいて
クロズマメゲンゴロウは
くるくる回って
モリアオガエルの
おたまじゃくしに
脚が生えて
呪文のような
名をもつ溜め池は
どこか遠くに
つながっていて

南極の音

砕氷艦「しらせ」から届いた氷に
子どもたちは頬を近づける
氷がとけるときの
プチプチという音を聞くためだ

それは小さな喜びの音だ
南極の氷の中に
閉じ込められていた空気が
はじけ出る音

「聞こえるかい」

四千万年の時間のかけらは
とても冷たく
とても温かい

「聞こえるよ」

氷をなでる子どもたちの
解き放たれた顔が
それを物語っている

メダカのいる教室

背びれの切れこみ
尻びれの形
それでオスとメスを見分ける
微妙だけど
よく見ればわかる

水草についた受精卵は
ビーカーに移して
ときどき顕微鏡で観察し
ノートに記録する

ある朝、ビーカーを覗くと
三ミリほどの魚
らしきものが泳いでいる
メダカが好きな子はもちろん
それほどでもない子も
ちょっとどきどきする

たった三ミリでも
まぎれもなく魚
として生きているのだ
オスかメスかは
よく見てもわからないけど

ころころ

ダンゴムシになって！
そう先生に言われながら
一年生がマットの上で
ころころ　ころころ
後ろ回りの練習をしている

耳の横でてのひらを上に向け
ダンゴムシのようにまるまったまま
くるりと回る
理屈ではわかるが
これがけっこう難しい

なにしろ見えない世界に
ひとりで体を投げだすわけだから

なめらかさに多少の違いはあっても
前回りはほとんどの子ができる
だが後ろ回りになると
がくんとその数が減る
それでもみんな律儀に
順番を守って
ころころやっている

そんな一年生を眺めながら
僕は舌の上に
ころころ　ころころ

ダンゴムシという語を
ころがしてみる
見えない世界に
飛びこんでゆく一句を
ひねるみたいに

駆けぬける者

マラソンコースに沿って
コスモス畑がある
若いランナーたちが
白やピンクの光を浴びながら
次々に駆けぬけてゆく

僕は小高い場所から
カメラのファインダー越しに
彼らの鼓動を聴いている
四角いフレームの中に
彼らの夢や孤独や決意を探る

コスモス畑のはじめとおわりは
数十メートルの距離
駆けぬける者にとっては
ほんの一瞬だが
そこで思わぬ変化を遂げる者もいる

たとえば一人のランナーが
コスモスに入り
一匹の青い魚が
コスモスから出てくる
そういうこともあり得るのだ

Ⅲ

カピバラ

カピバラは
きまじめなのか
いやはやまったく、と
ため息ついたり
うひょーと叫んで
温泉に飛びこんだり
しないのか
地味だけど
なんかほっとするね

なんて言われて
カピバラは
とぼけているのか
遠くの山々が
紫に沈み
星が小さく
瞬いても

魔法を一つ

どう見ても
さえないおっさん
ではあるが
このおっさんは
魔法を一つ使える
そのへんにころがっている
なんでもない言葉を
ちょこちょこっと
ならべかえると

どんよりした空に
ふいに虹がたつ
ほんのわずかな時間だが
世界がやわらかくなる
それによって
おっさん自体がいきいきと輝く
ことはないが
ま、そんなもんだろと
おっさんは思うのである

やまぼうし

どうも力が入らない
五月とは思えない暑さのせいか
それとも五月だからか
考えるのもおっくうで
こうして日陰でぼーっとしている

チンパンジーが木にも登らず
物憂げにすわっているだけだから
ゾウだキリンだと歓声をあげていた
遠足の子どもたちも素通りで
足をとめているのは

カメラを首からさげた
さえないおっさんだけだ

ミーアキャットやプレーリードッグが
愛嬌をふりまき
ウサギやインコとふれあえる広場には
やまぼうしの花が
きれいに咲いているそうだが
ここからは
まったく見えない

すると突然
おっさんがつぶやく

プレーリードッグ五月の立ち話

俳句でもひねってるつもりなのか
ま、あいつらせわしないからな

ひょっとして
やまぼうしの花を見れば
俺の中で
何かが動きだすのだろうか
五月の先にある何かが

俺に向かって
シャッターを数回きった
おっさんがまたつぶやく

山法師やる気の出ないチンパンジー
だめだ、ますます力がぬけてきた
ゴリラならわかってくれる夏の月
だからゴリラじゃねーって
彼は、私だ
やれやれ

部分日食

今この雨雲の向こうでは
部分日食が進行してるのに

おじさんは
とても残念である

ま、それを見たからといって
何が変わるわけでもないのだが

おばさんも
やっぱり残念である

前に金環食見たからいいわ
とはならないのである

おじさんやおばさんの日常の
手の届かないところで

何かが音もなく欠けて
やがて音もなく再生する

ただそれを見たいのである
居ずまいを少し正して

ネギ

庭のすみっこ
何かのついでに植えられて
そのまま
ほったらかし

なのにいじけず
うすみどりの風に耳をすまし

やがて
小さな声をともす

ネギ
というあり方

三角の耳

1

すきなだけ
散歩してこい
落葉の国を
桜色の空を
もう首輪もリードも
いらない
けど
捨てない

きみのにおいが
残ってるから
すきなだけ
泳いでこい
草の海を
雪の斜面を
さよなら
三角の
やわらかい
耳

2

まだそんなに
遠くへは
行ってないはずだ

きっとその辺の
夕焼けの縁あたりで
しみじみしてるはずだ

でもなぜか

きみのうれしい耳を
思い出せない

ずっと前いっしょに見た
麦の穂波は
思い出せるのに

冬日向

1

そこにいることが
あたりまえだった

ただいまを言う前に
そこから飛び出してくることも

おやすみの先に
おはようがあることも

からっぽのひだまりに
声をかけてみる

だけど言葉は
空にとけてゆくだけ

わかってたはずだ
いつかその日がやってくること

あたりまえが
あたりまえでなくなる日が

2

さっきまで
ふくら雀の声がしていた
と思うのだが
気のせいかもしれない

茶色い子犬が

玄関からくわえてきた
サンダルと格闘していた
と思うのだが
それも
冬のひかりのせいかもしれない

春の月

口下手だけど
あったかい

すらっとしてるが
時々ずっこける

気づいてほしいのに
やせがまんして

前へ行かねばと思うのだが
つい、どうぞと言ってしまう

涙もろくて
片意地張って

柴犬の耳が
ただただ好きで

ぼんやり空を見上げるのが
我に返る手立て

そんなきみの頭上にも
やわらかな春の月

Ⅳ

四月のしっぽ

光のみぎわに
ぐぐっとからだをのばす
四月のしっぽは
なかなかつかまえられない

ケド　アワテンデ　イイ

年をとることは
少しかなしく　少しうれしい

この星にうまれていつか
なくしたもの　ひろったもの

　ケド　アセランデ　イイ

のばした手足が
五月の鼻先にとどくころには

やわらかいしっぽに
ふれることができるだろう

石ころ

蛙が飛びこんだ池
のほとりに
石ころがいたので
ぼくはさりげなく
話しかけてみた

でも石ころは
うんともすんとも言わず
石ころになっている

石ころのこころを読む

のは難しいが
むかし若冲《じゃくちゅう》さん＊は
それができたのだろう

万物のいのちのささやき
を感じとる筆が
デザインした石仏は
笑ったり困ったり
つんとすましたり

もう一度
石ころに話しかけてみたら
オニヤンマがゆっくり
この世を横切っていった

＊伊藤若冲（1716～1800）
江戸時代中期の京にて活躍した絵師。狩野派・琳派を学び、中国明清画の筆意をくわえて動植物画に独自の画境を開く。代表作「花鳥魚貝図三十幅」「群鶏図」

最初はグー

永平寺の老師と
後出しジャンケンをした
老師がグーを出したら
こちらはパーを出す
チョキを出したら
グーを出す
今度は逆に
老師がパーを出したら
こちらはグーを出す
わざと負けるわけだ
さほど珍しい遊びではないが
何回かやると

気持ちがあったまってくる
老師が言われるには
勝つときよりも
負けるときのほうが
少しだけ反応が遅れたそうだ
遊びであっても
負けたくないというわけか
勝ち負けを超えた世界
というものが
ちらっと頭をかすめたが
なぜかわたしは
明日のお昼はひさびさに
卵カツ丼にしよう
と強く思うのだった

雨にぬれて

上野の森は
雨にぬれて
ウミサソリの記憶も
雨にぬれて

不忍池に
蓮はゆれて
スワンボートは
黙って集まり

ベンチにとまる
雀の頭もぬれて
子規の草の原は
雨にぬれて
王選手の手形も
雨にぬれて
八月の旅人は
紺色の傘をさして

取り合わせ

待ち合わせ場所は
歌舞伎座の前
日比谷線の東銀座で降りると
まだ時間があったので
銀座の本屋さんまで
ぶらぶら歩く
高階さんの詩集が
文庫本になっていたので
迷わず買った
旅に文庫本
人生にポエジー

という取り合わせは
少しつきすぎか
新橋から浅草線に乗り換えて
待ち人がやってきた
ふたりで立ちそばを啜ってから
歌舞伎の世界へ入ってゆく
芋掘長者の
橋之助に七之助
祇園恋づくしの
扇雀に勘九郎
見事な取り合わせに
感嘆の拍手を送る
僕と待ち人

居酒屋で

やれやれやっと一息
ということがあったので
かみさんと居酒屋で乾杯した
いつもより少し贅沢な
竹鶴のハイボールで

つまみは刺身と串焼き
アボカド入りのサラダ
それから
離れて暮らす娘や息子のこと
僕らがかつてそうだったように

彼らは彼らの覚悟をもって
それぞれの風を選んでいるわけで
それでも気にかかるのは
僕らがふつうの親だからか

たくさんの品書きの中から
そのときの気分で
飲みたい物と食べたい物を選ぶ
居酒屋では
選ぶことを楽しめばいい

かみさんと僕には
それぞれの好みがあり
それが重なることも
たまにはある

春のかたち

三月の
植物園へゆこう
風はまだ冷たく
不器用な言葉のように
ざらついた雪が残っているが
ここからまた

とぼとぼ歩きだすために
浅い春にまず咲く花
マンサクの
やわらかなかたちに
会いにゆこう

すみれ

わたしのあしもとに
すみれがいる

あすふぁるとの
みちのはしっこ

やわらかく
ひかえめに

わたしといううつわは
からっぽで

はるかなことばを
まっている

いつどこからくるのか
わからないけど

すみれはなにも
まっていない

ただそこに
すみれのかたちをむすぶだけ

やわらかな

ほほえみのように

かぜがやんで
みちはしずけさにつつまれる

あすふぁるとのひびわれに
いきづくものも

わたしのなかに
すみれがいる

あとがき

いきものたちが呼び起こすポエジー、楽しんでいただけましたか。実はいきものだけじゃなく、氷や月や石ころなんかからも、僕は「詩のことば」をもらっているのです。

「詩のことば」といっても、ことば自体は僕らがふだんつかっているそれと違いがあるわけではありません。違うのはことばとことばの組み合わせ方。「魔法を一つ」の中のおっさんではありませんが、ことばで虹をつくれたらなと思います。ほんのわずかな時間でも、世界が少しやわらかくなるような。

僕は現在、福井県内の小学校で校長をやっています。校長の仕事はいろんな場面であいさつすること（たいていは短いほど喜ばれます）。その立場を利用して、集会で子どもたちに好きな詩や俳句を紹介したり、学校のブログに載せたりしています。子どもたちのみずみずしい感覚は「詩のことば」をどんなふうに受けとめるか興味があるからです。なので、集会のあと一年生の教室で「こうちょうせんせいがいった『なつのてのひら』ってなんのことかな」というような話題になったと聞くと、とても嬉しくなります。

あと一年余りで僕は定年をむかえ、ただのおっさんになるわけですが、そのときは「やまぼうし」のようにチンパンジーの心に寄り添うおっさんになろうと、ひそかに決意しています（チンパンジーにはいい迷惑かもしれませんが）。

なお、今回の出版にあたっては、竹林館の左子真由美さんが親身に相談にのってくださいました。どうもありがとうございました。このささやかな一冊に「詩のことば」を感じてくださる方がいますように。

二〇一八年　立春を前に

半田信和

半田 信和（はんだ しんかず）

1958年、福井県生まれ。県内の小中学校に勤務しながら、詩や俳句、写真で、やわらかな世界をつくりつづけている。

1986年、「詩とメルヘン」に掲載された作品等を収録した第1詩集『プールサイドの天使』を発刊（近代文藝社）。

2014年、太田玉茗賞を受賞した詩「ひかりのうつわ」をそのままタイトルにした第4詩集を発刊（土曜美術社出版販売）、第18回日本自費出版文化賞特別賞を受賞。

2017年、写真と俳句を組み合わせた作品が、第5回小松ビジュアル俳句コンテストで芭蕉賞を受賞。

2018年、童謡詩「ギンモクセイの枝先に」が第19回柳波賞を受賞。大人も子どもも楽しめる作品づくりを心がけている。

2019年、本書にて第23回三越左千夫少年詩賞受賞。

住所　〒919-0515 福井県坂井市坂井町若宮14-1-5

半田信和詩集
たとえば一人のランナーが

2018年2月1日　第1刷発行
2020年2月1日　第2刷発行

著　者　半田信和
発行人　左子真由美
発行所　㈱竹林館
〒530-0044 大阪市北区東天満2-9-4 千代田ビル東館7階FG
Tel　06-4801-6111　Fax　06-4801-6112
郵便振替　00980-9-44593
URL http://www.chikurinkan.co.jp
印刷・製本　モリモト印刷株式会社
〒162-0813 東京都新宿区東五軒町3-19

ISBN978-4-86000-374-6　C0092